D0553474

Nous remercions le ministère du Patrimoine canadien,
la SODEC et le Conseil des Arts du Canada
de l'aide accordée à notre programme de publication

ainsi que le Gouvernement du Québec
– Programme de crédit d'impôt
pour l'édition de livres
– Gestion SODEC.

Illustration de la couverture
et illustrations intérieures :
Geneviève Després

Édition électronique :
Infographie DN

Dépôt légal : 3ᵉ trimestre 2001
Bibliothèque nationale du Canada
Bibliothèque nationale du Québec

123456789 AGMV 054321

DE LA MÊME AUTEURE
AUX ÉDITIONS PIERRE TISSEYRE

*Ô Canada! 60 jeux, pas bêtes du tout, pour mieux
connaître le Canada,* n° 1 : ses paysages et ses
animaux, livre de jeux, 1998.

Collection Conquêtes
« Aïcha », nouvelle du collectif de l'AEQJ
Entre voisins, 1997.

« Le chat », nouvelle du collectif de l'AEQJ
Peurs sauvages, 1998.

Le souffle des ombres, nouvelles, 2000.

Collection Chacal
« La belle au bois dormant », nouvelle du collectif de
l'AEJQ *Futurs sur mesure,* 2000.

Collection Sésame
Les trois petits sagouins, conte coquin, 1998.

Junior Poucet, conte coquin, 1999.

Collection Papillon
La tempête du siècle, roman, 1998.

AUX ÉDITIONS HÉRITAGE

Les oiseaux de chez nous, documentaire, 1990.
Les mammifères de chez nous, documentaire, 1991.
Les animaux du Grand Nord, documentaire, 1993.
Kotik, le bébé phoque, docu-fiction, 1995.
Nanook et Nayoa, les oursons polaires, docu-fiction, 1995.
Variations sur un même «t'aime», nouvelles, 1997
(Prix du Gouverneur général 1998).

CHEZ SOULIÈRES ÉDITEUR

La chèvre de monsieur Potvin, conte coquin, 1997.

AUX ÉDITIONS STANKÉ

Baby-boom blues, récit en collaboration
avec Francine Allard, 1997.

AUX 400 COUPS

Les bisous, 2000.

AUX ÉDITIONS HMH

Le papillon des neiges, 1999.

ANGÈLE DELAUNOIS

NIOUK, le petit loup

roman

**ÉDITIONS
PIERRE TISSEYRE**

5757, rue Cypihot, Saint-Laurent (Québec) H4S 1R3
Téléphone: (514) 334-2690 – Télécopieur: (514) 334-8395
Courriel: ed.tisseyre@erpi.com

Données de catalogage avant publication (Canada)

Delaunois, Angèle

    Niouk, le petit loup

    (Collection Sésame; 35)
    Pour enfants de 6 à 9 ans.

    ISBN 2-89051-797-7

    I. Titre II. Collection.

PS8557.E433N56 2001   jC843'.54   C2001-940822-6
PS9557.E433N56 2001
PZ23.D44Ni 2001

Une première version de ce texte
a été publiée en 1996 dans le magazine
Les débrouillards.
Cette histoire a été réécrite et enrichie
pour la collection Sésame.

*À tous les petits loups
qui grandissent trop vite.*

Pour les mots identifiés dans le texte par un astérisque (*), voir lexique pages 55-56.

1

LA NAISSANCE
DE NIOUK

Dans la toundra*, c'est presque l'été. La douce chaleur est arrivée, avec la fin du mois de mai. Des milliers de fleurs multicolores éclatent partout. Le soleil fait fondre les dernières plaques de neige, accumulées dans l'ombre des rochers, et on entend le bruit de l'eau qui glougloute.

Sur l'une des collines Blanches, plusieurs pierres noires immenses

sont dressées. Entre ces rocs, une tanière est creusée. Elle est utilisée depuis des centaines d'années par les meutes de loups. Ils sont là, au grand complet, excités par l'événement qui se prépare. Ils trépignent de joie et piétinent le tapis de lichens orange. Ils chantent une complainte rauque, mêlée de grondements doux et de petits jappements joyeux. À tour de rôle, ils pointent leur nez dans le couloir qui mène à la chambre des naissances et leur chanson étrange encourage Maya qui donne naissance à ses petits.

Soudain, une chaude odeur salée chatouille l'odorat des loups. En bas, on entend tout un remue-ménage, accompagné de faibles couinements. Un nouveau-né vient d'arriver. Mak, le chef de la meute, le roi des collines Blanches, bombe fièrement son puissant poitrail.

« C'est bien, se dit-il, la meute s'agrandit. Dès l'hiver prochain, nous pourrons compter sur de jeunes chasseurs vigoureux. Les chances de survie seront meilleures pour nous tous. »

Pour manifester leur joie, les loups poussent un long hurlement lugubre dont l'écho se répercute dans les collines. Énervés, ils se regroupent pour attendre la suite… Mais le temps glisse et il ne se passe plus rien.

Mak rampe jusqu'à la chambre pour s'assurer que tout va bien. Dans la pénombre tiède, il voit Maya lécher tendrement une grosse boule de laine brune qui tâtonne avec avidité, à la recherche d'une mamelle. Le grand loup est un peu déçu. Il aurait aimé voir plusieurs petits se coller sur le flanc de sa compagne. Il console Maya en lui déclarant :

— C'est un magnifique petit. Le plus beau des collines Blanches. Nous en ferons un chasseur redoutable.

Niouk, fils de Maya et de Mak, vient de naître. Petit mâle unique de la portée.

2

LA MEUTE DES COLLINES BLANCHES

Le louveteau grandit à vue d'œil. Dorloté par sa mère, il passe ses premiers jours à dormir et à téter, caché bien au chaud dans sa douce fourrure. Deux semaines après sa naissance, il ouvre sur le monde de grands yeux bleus étonnés. Il peut maintenant faire connaissance avec les membres de son clan.

Tout d'abord, il y a Kazan et Navik, ses oncles, les frères de Mak.

C'est avec eux que celui-ci a fondé la meute. Il y a aussi Paluk, Hécla et Léna, son frère et ses deux sœurs à lui, qui sont nés tous les trois dans la tanière, l'année précédente. Enfin, il y a la vieille Kama.

Elle a une drôle d'histoire Kama. On ne sait pas au juste d'où elle vient. Il y a trois ans, au cours d'une chasse, elle s'est jointe à la meute et Mak l'a invitée à rester avec eux. C'est une redoutable pisteuse. Personne n'est meilleur qu'elle pour déceler les traces du gibier. L'année passée, en voulant rabattre un bœuf musqué vers les autres chasseurs, elle a reçu un coup de sabot sur une patte. Depuis, elle boite. Sa blessure ne s'est jamais tout à fait guérie. Tous l'aiment et la respectent. Mak aurait pu la bannir, car elle n'est plus capable de chasser comme avant. Il ne l'a pas fait. Elle fait partie de la meute.

Avec la petite boule de poils dont les pas sont encore bien hésitants, ils sont sept maintenant. Unis comme les membres d'une même famille et prêts à mourir les uns pour les autres.

Tout le monde se met en quatre pour plaire au petit loup. Kazan lui montre à repérer les terriers des spermophiles* et des lemmings*. Navik lui apprend à reconnaître les moindres détails du paysage… oui, d'une certaine façon, il lui apprend à compter. Léna lui offre des plumes ou des cailloux transparents qui emprisonnent la lumière du soleil. Intrigué par les reflets, Niouk joue avec eux durant des heures. Hécla lui enseigne à lever une piste, à reconnaître l'odeur du gibier sur les moindres brins d'herbe. Paluk lui raconte quelques-unes de ses chasses. Quant à Kama, c'est bien simple, elle l'adore ! Elle passerait des heures à le lécher. Juste avant de dormir, il aime bien… mais le reste du temps, il trouve qu'elle exagère et il l'envoie promener.

Mak et Maya chassent pour lui. Quand ils reviennent vers la tanière, Niouk se précipite vers eux. Plus il grandit, plus il a faim. Le lait de sa mère ne lui suffit plus. En gémissant, il mordille le museau de ses parents. Pour lui, ils recrachent de la viande à moitié digérée et il se régale.

Chouchouté par les loups adultes de la meute, Niouk devient vite insupportable. Il n'en fait qu'à sa tête. Il saute et glisse sur le dos de Kazan. Il mordille les oreilles de Navik. Il se suspend après la queue touffue de Maya. Il ne lâche pas d'une moustache Paluk et Hécla, même quand ils ont envie d'être tranquilles. Kama devient son souffre-

douleur. Il l'embête continuelle-
ment et ne sait plus quoi inventer
pour la faire enrager. Tous sont
d'une infinie patience avec lui.

Quand il est trop terrible, Mak
se fâche et montre les dents. Si ce
n'est pas suffisant, il lui allonge un
bon coup de patte ou encore l'at-
trape par le collet ou par la queue,
sans serrer trop fort.

— La paix, petit loup! gronde-t-il.

En général, il n'a pas besoin de
le dire deux fois. Subjugué par

l'autorité de son père, Niouk se calme immédiatement et se réfugie contre le ventre tiède de Maya, les yeux tristes.

3

LE RENDEZ-VOUS
DES NEUF PIERRES

Branle-bas de combat! La meute déménage. Niouk, qui a maintenant deux mois, n'y comprend plus rien. Il se jette dans les pattes de tout le monde en gémissant.

— C'est l'époque des grandes chasses, lui explique son père. Nous partons vers la plaine. Kazan et Navik ont repéré les traces d'un troupeau de caribous*.

Niouk est soudain tout excité et tout joyeux. Il a souvent entendu les adultes se raconter leurs exploits. Et Paluk lui a confié tant de secrets. Sans avoir jamais rien vu, il croit tout savoir sur les immenses troupeaux des caribous voyageurs, sur l'orignal* solitaire aux sabots tranchants ou sur le redoutable rempart des bœufs musqués*. Il a bien hâte de participer à sa première chasse. Mais Maya se charge de le ramener sur terre.

— Tu es encore beaucoup trop petit pour chasser le gros gibier. C'est dangereux et très fatigant. Nous serons sans doute partis plusieurs jours et nous devrons courir longtemps. La chasse est difficile, et nous ne sommes jamais sûrs de réussir. Je ne veux pas avoir à m'inquiéter pour toi. Tu nous attendras au Rendez-Vous des Neuf

Pierres. Kama prendra soin de toi pendant notre absence.

Niouk n'est pas content du tout. Il boude et suit en rechignant la fière bande de loups qui trottent, truffes au vent, dans l'air miroitant, humant les mille odeurs merveilleuses de l'été.

Au Rendez-Vous des Neuf Pierres, les loups se reposent quelques heures avant la grande chasse. Envoyés en éclaireurs, Paluk et Hécla reviennent très contents. L'immense troupeau de caribous broute des lichens, tout près de la rivière Noire, à quelques kilomètres seulement. L'air se charge d'électricité: les prédateurs deviennent nerveux. Ils savent que les caribous sont résistants et rapides s'ils sont mis en fuite. Il faudra s'approcher du troupeau sans alerter les guetteurs, isoler une bête moins rapide

que les autres, la poursuivre longtemps. Rien n'est gagné d'avance!

Niouk est désespéré. Il supplie
ses parents de l'emmener avec eux,
promet d'être très obéissant. Mais
Mak et Maya ne veulent pas en
entendre parler.

—Nous t'aimons trop pour
prendre le risque que tu sois blessé,
le console Maya en lui mordillant

le museau. Tu es très fort pour ton âge et tu apprends vite. Tu viendras avec nous, à la saison prochaine. Pendant notre absence, Kama t'apprendra à débusquer les lièvres blancs et les outardes*.

Mais Niouk s'en fiche bien des lièvres et des oies… ce menu fretin des mauvais jours. Il renifle de dépit en regardant Kama par en dessous.

« J'irai quand même, décide-t-il. Elle ne pourra pas me retenir. Je cours plus vite qu'elle maintenant. Je vais suivre les autres sans qu'ils s'en rendent compte. Ensuite, je me cacherai et je rabattrai les caribous vers eux. Comme ça, ils verront que, moi aussi, je suis un vrai chasseur. »

4

LA FUGUE
DE NIOUK

Le soleil descend à peine derrière l'horizon. La nuit reste rose. Une longue journée de l'été arctique commence lorsque les ombres silencieuses des loups se glissent vers la rivière Noire.

Couché dans les pattes de Kama, Niouk dort encore. La vieille louve est silencieuse. Elle regarde le louveteau qu'elle aime et qu'on lui a confié.

«Il faut que je l'empêche de faire des bêtises. Je suis responsable de lui à présent. S'il lui arrive quelque chose, Mak sera impitoyable! Il me punira, pire encore, il me chassera de la meute.»

Lorsque Niouk se réveille, le soleil brille très haut au-dessus de sa tête. Il est furieux et très vexé de n'avoir rien entendu. Il refuse de manger le lagopède* que Kama a débusqué pour lui et préfère passer sa rage sur un vieil os qu'il ronge en grondant.

Toute la journée, Kama et Niouk se guettent du coin de l'œil. Niouk attend son heure. Il sait que sa patience sera récompensée. Lorsque les étoiles clignotent dans le ciel mauve, Kama soupire de soulagement. La meute est loin maintenant. Elle pense que le petit loup ne sera pas assez téméraire pour essayer de la suivre. Tranquillisée, elle descend à la source pour boire. Mais elle connaît bien mal l'entêtement de Niouk. Il attendait juste qu'elle tourne le dos. En quelques bonds, il est loin et il court à perdre haleine sur le tapis de mousse de la toundra.

Le louveteau galope longtemps pour mettre le plus de distance possible entre Kama et lui. Il est résistant. Le chemin d'odeurs laissé par les siens est facile à suivre. Niouk sait, cependant, qu'il doit ménager ses forces s'il veut retrouver les chasseurs et il s'installe entre les racines d'un saule nain pour dormir un peu.

Une petite pluie froide le réveille. Il a dormi plus longtemps que prévu. Tout autour de lui, les délicates herbes de la toundra sont décoiffées par le vent. Le ciel est immense et gris, envahi de gros nuages menaçants. La fourrure du petit loup est tout humide. Niouk est transi et s'ébroue en éternuant.

Après avoir croqué quelques baies rouges qui calment temporairement sa faim, Niouk essaie de retrouver la piste odorante qu'il suivait. Mais la pluie et le vent ont brouillé toutes les odeurs, et il manque encore d'expérience pour lire les messages des traces et identifier les subtils points de repère. Sa marche devient lente et hésitante. En fait, il tourne en rond sans s'en apercevoir.

Parvenu sur la berge sablonneuse d'une rivière inconnue, la piste ténue s'évanouit dans l'eau. Avec courage, le petit loup poursuit son chemin le long de l'eau murmurante, espérant trouver un indice, un bouquet d'odeurs ou une touffe de poils qui le remettrait sur la piste. Il cherche longtemps.

Encore et encore. À la fin, il ne sait plus quoi faire. Il ne sait plus où il est. Ses petites pattes tremblent de fatigue.

« Je suis perdu ! J'ai froid ! J'ai faim ! »

Comme il regrette d'avoir boudé le lagopède de Kama. Rien que d'y penser, il salive. Désespéré, le petit loup se met à gémir, la tête entre les pattes. Les furieuses averses grises qui dégringolent du ciel achèvent de détremper son pelage.

5

KIZI
LA LOUTRE

— **Q**u'est-ce que tu fais là? Qui
es-tu?

Niouk sursaute. Debout sur ses
pattes arrière, une étrange créature
l'observe de ses petits yeux bril-
lants. Elle a un corps très long, un
énorme nez noir et de grands poils

de moustache. Le jeune loup la contemple, ébahi. C'est bien la première fois qu'il rencontre une loutre de rivière.

— Je suis Niouk, le fils de Mak et de Maya. Je me suis perdu en suivant mes parents, partis à la chasse.

— Ne me raconte pas d'histoires! Tu t'es sauvé, oui! Tu as désobéi. Les jeunes loups d'à peine deux lunes* ne participent pas aux grandes expéditions. D'où viens-tu?

— Du Rendez-Vous des Neuf Pierres.

— Bigre! Ce n'est pas la porte à côté. Écoute, il faut qu'on se parle. Viens dans mon abri te sécher un peu. Je suis Kizi, la loutre. Ici, tu es sur mon territoire.

Un peu réconforté, Niouk suit la loutre jusqu'à un éboulis de grosses roches où elle se faufile avec sou-

plesse. Le louveteau a un peu de difficulté à la suivre, mais, après quelques contorsions, il débouche dans une sorte de petite caverne naturelle. Une forte odeur de poisson imprègne l'air. Niouk fronce un peu le nez. Au moins, il est au sec et drôlement content d'être à l'abri. Il se laisse tomber avec délices sur un gros tas d'herbes, étendu dans un coin, et, épuisé par l'émotion il s'endort brusquement.

Mi-amusée, mi-fâchée, Kizi contemple son invité surprise.

«Quel écervelé! pense-t-elle. Encore un qui croit tout savoir. À peine arrivé chez moi, le voilà qui s'endort, sur mon lit en plus. Et il va falloir que je lui trouve quelque chose à manger... sinon il est bien capable de me croquer tout rond. Comment a-t-il fait pour s'égarer autant? Ceux de sa meute doivent le chercher partout.»

Et elle a bien raison, Kizi la loutre. En revenant de la source, Kama s'est tout de suite aperçue de la fuite du petit. Elle comprend qu'il s'est joué d'elle. Tremblant de toutes ses vieilles pattes, elle grimpe sur une grande roche plate. Museau pointé vers les étoiles, elle hurle sa détresse et sa solitude.

«Mak sera impitoyable! Il va me chasser de la meute. Avec ma patte qui boite, que vais-je devenir sans la protection des autres, dans ce pays si rude?»

Puis elle se tait et s'assoit sur son arrière-train pour réfléchir. Il n'y a pas si longtemps, personne ne l'égalait pour suivre une piste. Et c'est elle qui a enseigné à tous les louveteaux du clan comment reconnaître les plus infimes indices laissés par le gibier.

«Niouk n'est pas un gibier ordinaire! Je ne trotte peut-être pas aussi vite que lui, mais je suis encore capable de le rattraper et de lui donner la bonne correction qu'il mérite. Je vais lui apprendre à me faire des peurs pareilles! Il faut absolument que je le retrouve avant que les autres ne reviennent. Allons, en route!»

Et, le nez collé au sol, elle part à la poursuite du jeune fugueur en traînant sa patte raide.

6

FACE À FACE
DANS LA TOUNDRA

À son réveil, Niouk est tout seul. Près de lui, il voit un gros poisson aux écailles brillantes. C'est loin d'être sa gourmandise favorite mais son estomac le torture. Il n'a jamais eu aussi faim de sa vie. En quelques coups de dent, il dévore la proie offerte. Il est en train de se nettoyer les moustaches lorsque Kizi le rejoint, toute ruisselante de son bain matinal.

— Bien dormi, Niouk? Bien déjeuné? J'espère que tu es en forme pour retourner aux Neuf Pierres. C'est une bonne trotte. Je vais faire un bout de chemin avec toi et te remettre sur la bonne piste. Allez, debout! Il pleut encore. Moi, ça ne me dérange pas du tout. J'aime l'eau et ma fourrure est imperméable... Mais, toi, je pense que tu en seras quitte pour un bon rhume.

Et les voilà partis. Le trot régulier du louveteau accompagne les bonds gracieux et fluides de la loutre.

Kizi est une joyeuse vivante. Pour elle, toutes les occasions de s'amuser sont bonnes. Elle vient juste de terminer la tournée d'inspection qu'elle fait régulièrement sur son territoire. Elle doit rejoindre les siens pour une grande réunion de famille, près du Lac-aux-Saumons. Des jeux, des baignades et des

concours de glissades sont prévus au programme… et il y aura sûrement de nouvelles têtes… Peut-être quelqu'un qui pourrait devenir son compagnon, son complice.

Blagueuse, Kizi ne déteste pas cheminer en compagnie de ce jeune admirateur qui gobe avec naïveté toutes les histoires farfelues qu'elle lui raconte. Ça tombe bien, le Lac-aux-Saumons est dans la même direction que les Neuf Pierres.

—Comme ça, on fera de neuf pierres, deux coups! lance la farceuse en s'esclaffant.

Mais Niouk ne rit pas. Il n'a pas le moral. Il est parti depuis longtemps et il évite de penser à la correction qui l'attend si Mak et Maya le retrouvent loin du Rendez-Vous. Quant à Kama, il regrette sincèrement le mauvais tour qu'il lui a joué et toutes les petites misères qu'il lui a fait endurer au fil des jours.

Quand il la retrouvera – s'il la retrouve –, il se jure à lui-même d'être moins turbulent et de la laisser le lécher des oreilles à la queue… pendant au moins trois heures si elle veut.

Les nuages s'effilochent. Un timide coin de ciel bleu essaie de se faire une place dans le ciel. Chaque plante, chaque arbuste nain est constellé de milliers de paillettes d'eau que le soleil fait briller. Lavée de sa poussière, la toundra resplendit comme un joyau. Les deux amis longent une tourbière où un ruisseau dessine des boucles en chantant. Tout à coup, Kizi s'arrête, le nez dans le vent, l'œil aux aguets.

— On vient! Ça doit être quelqu'un de ton clan. On va se quitter ici, si tu veux bien. Les loups et les loutres ne se comprennent pas toujours très bien. Par le passé, j'ai déjà rencontré une femelle de ta meute. Une boiteuse. Une chance pour moi que je nage plus vite qu'elle. Je lui ai échappé de justesse. Alors, j'aime mieux être prudente. Salut, jeune loup! Toi aussi, sois plus prudent à l'avenir… Et à la prochaine!

Et, sans le moindre petit bruit, elle se glisse dans l'eau du ruisseau, ne laissant derrière elle qu'une onde mouvante et argentée. Niouk n'a rien entendu et il est tout surpris de ce départ brutal.

7

LE RETOUR AUX NEUF PIERRES

Encore une fois, elle a raison, Kizi la loutre. Kama surgit brusquement devant le petit loup terrifié. Pattes écartées, corps raidi, babines retroussées sur des crocs menaçants, ce n'est plus une amie qu'il a devant lui. La vieille louve est encore redoutable et n'a pas du tout envie de plaisanter. Au corps à corps, elle est bien plus forte que lui.

Niouk sait ce qu'il lui reste à faire. Il doit accepter sans rien dire la punition qu'elle lui infligera. Il rabat les oreilles à l'arrière de sa tête. La queue entre les jambes, il s'écrase sur le sol, les quatre pattes en l'air en dévoilant sa gorge, dans la position de la plus totale soumission.

Pendant une éternité de quelques minutes, Kama gronde de colère. Ses yeux jaunes lancent des éclairs. Niouk n'a jamais eu aussi peur de sa vie et attend la correction méritée. La louve s'approche du chenapan aplati par terre et d'un coup de patte bien senti, elle lui allonge une bonne taloche sur la truffe. Mais elle l'aime trop pour être fâchée longtemps et sa fureur s'évapore comme la neige dans un rayon de soleil. Elle gronde encore un peu, mais Niouk comprend que le gros de l'orage est passé. Il redresse ses oreilles et bat faiblement de la queue en guise de reconnaissance.

— Relève-toi, espèce d'effronté! Nous rentrons au Rendez-Vous, tout de suite. Et pas un mot de tout cela à quiconque, sinon je raconte tout à ton père. Je pense qu'il ne sera pas très fier de toi s'il apprend que tu as eu besoin de Kizi la loutre pour retrouver ton chemin. Une vraie honte! Et ne me dis pas le contraire. Je la connais, cette tête folle qui ne pense qu'à s'amuser. Je l'ai déjà rencontrée, pas très loin d'ici.

Niouk se secoue sans rien dire. D'un air pitoyable, il éternue sans discrétion pour se faire plaindre. Mais Kama est déjà en route et elle fait comme si elle n'avait rien entendu. Le jeune loup règle son pas sur la démarche brisée de sa vieille gardienne. Il est tout joyeux de l'avoir retrouvée... et bien soulagé aussi.

Les heures qui passent apaisent la tension entre les deux loups. Plein d'énergie, Niouk gambade aux côtés de Kama, s'amusant d'un rien. La louve regarde avec adoration la silhouette expressive du petit loup, habillée d'un soyeux manteau beige. Fidèle à la meute de Mak, elle n'est jamais partie vers les rendez-vous d'amour des loups solitaires qui chantent dans la nuit. Elle aurait pu devenir louve alpha, comme Maya, et fonder son propre clan. Elle a choisi la sécurité. Elle est restée là où on avait besoin d'elle. Dans son cœur, les louveteaux de la meute ont pris la place des petits qu'elle n'a jamais eus.

Lorsqu'ils arrivent aux Neuf Pierres, des écharpes de brumes s'élèvent du sol, adoucissant le con-

tour des collines. Bien fatigués, les deux loups se couchent l'un contre l'autre. Ils sont réconciliés et partagent maintenant un grand secret. Niouk mordille le museau de Kama. C'est sa façon à lui de lui dire qu'il l'aime. Quant à elle, de sa grande langue râpeuse, elle lisse le pelage du louveteau, embrouillé par l'escapade et la pluie.

Soudain, un puissant hurlement traverse l'espace. C'est Mak qui leur annonce que la chasse a été bonne. La meute au grand complet est de retour vers le Rendez-Vous. Ce soir, tous les loups mangeront à leur faim et on entendra leur chant victorieux dans toutes les collines Blanches.

Un grand voilier d'oies des neiges jacasse dans le ciel, en direction plein sud. Un arc-en-ciel fragile illumine l'horizon. Une fine dentelle de glace serpente sur le bord du ruisseau. Septembre est déjà là. Le premier été de Niouk est déjà fini.

Note de l'auteure

Cette histoire, bien sûr, est inventée de toutes pièces. Cependant, tout ce qui concerne la vie des loups est vrai.

Une meute, c'est une véritable famille dont tous les membres sont très unis. Certaines meutes peuvent compter vingt loups ; d'autres, seulement trois. La vie y est très hiérarchisée. Chacun a son rôle à jouer. Il y a un chef, celui qu'on appelle le mâle alpha, et il a toute autorité sur les autres. Sa queue est toujours bien dressée, ainsi que ses oreilles. Sa compagne, la femelle alpha, forme avec lui un couple uni pour la vie. Ils sont les seuls à s'accoupler et à avoir des petits. Le couple des deux chefs a beaucoup de responsabilités :

il guide la famille, dirige les chasses, protège les louveteaux et surveille le territoire.

En général, les autres loups de la meute sont des membres de la même famille : sœur, frère, oncle ou tante des deux alphas. Parfois, un loup solitaire, complètement étranger aux autres, peut être accepté dans le groupe. Tous doivent respect et obéissance aux deux chefs. En leur présence, les loups baissent la queue et les oreilles afin de leur manifester du respect.

Les petits viennent au monde dans une tanière, après soixante jours de gestation environ. Selon les chercheurs qui suivent les loups depuis des années, certaines tanières sont utilisées depuis des siècles.

À leur naissance, les louveteaux sont aveugles et sans défense. Leurs oreilles sont collées à leur tête. Ils mesurent environ vingt centimètres de long et pèsent à peu près cinq cents grammes. En général, il y a cinq ou six louveteaux par portée; mais parfois, il y en a douze... ou un seul, comme dans mon histoire. Les petits loups commencent à voir à deux semaines environ. Leurs yeux sont alors très bleus. Ils deviendront jaunes, comme ceux des adultes, vers trois mois.

D'une certaine façon, on peut dire que les louveteaux vont à l'école. Ils ont plein de choses à apprendre et tous les membres de la meute deviennent leurs professeurs. Cet apprentissage est très important pour qu'ils puissent survivre plus tard. Les jeunes loups sont comme des enfants, actifs et espiègles, et les adultes font preuve d'une très grande patience à leur égard.

Autrefois, on trouvait des loups presque partout en Europe, en Asie et en Amérique du Nord. De nos *jours, on les retrouve surtout dans les régions arctiques de la terre. Les loups de l'arctique sont blancs, mais leur pelage peut parfois être mêlé de poils gris, noirs ou bruns.*

Dans les contes de fées, les loups n'ont pas bonne réputation. On les a souvent pourchassés et massacrés à tort, parce qu'on en avait peur et qu'ils s'attaquaient au bétail. Pourtant, il est maintenant prouvé que les loups n'agressent jamais les humains. Ils ne sont pas cruels, comme on le croit souvent, et tuent des proies uniquement lorsqu'ils ont faim.

Les loups sont des animaux magnifiques, fiers et intelligents. Ils sont chers à mon cœur, et j'espère que cette histoire aidera à les faire connaître mieux.

Angèle DELAUNOIS

LEXIQUE

Toundra : grande plaine des régions froides où ne poussent que des herbes, des lichens et des arbres nains.

Spermophile : petit mammifère semblable à un écureuil.

Lemming : petit rongeur nordique effectuant parfois des migrations vers le sud, long de 10 cm environ.

Caribou : dans certains pays, on l'appelle « renne ». C'est un mammifère du nord, incroyablement résistant, qui parcourt de très grandes distances pour se nourrir. Il pèse de 60 à 250 kg.

Orignal : très grand mammifère, un peu semblable à un cheval, au panache caractéristique. On l'appelle aussi « élan d'Amérique ».

Bœuf musqué : mammifère nordique aux longs poils. Pour se défendre des prédateurs, les adultes se placent en un cercle infranchissable. Les petits et les bêtes fragiles sont placés au centre de ce rempart et sont ainsi bien protégés.

Outarde : on l'appelle aussi « bernache ». C'est une belle oie au long cou noir, portant une tache blanche au menton. Le reste de son plumage est brun. Elle est très résistante et peut parcourir, lors de ses migrations, des milliers de kilomètres.

Lagopède : oiseau semblable à une perdrix dont le plumage est entièrement blanc pendant l'hiver.

Lune : une lune est un cycle lunaire équivalant à quatre semaines.

TABLE DES MATIÈRES

Angèle Delaunois

Les loups sont les mammifères préférés de l'auteure. Pour elle, ce sont des animaux magnifiques, fiers et intelligents qui ont été injustement pourchassés et massacrés, à tel point qu'il n'en reste presque plus. Elle espère que cette histoire aidera à mieux les faire connaître. Tous les détails concernant la vie des loups dans la meute sont authentiques.

Angèle Delaunois a maintenant publié plus de vingt livres, documentaires, romans et livres de jeux. Elle est aussi éditrice pour la jeunesse aux Éditions Pierre Tisseyre.

Collection Sésame

MEMBRE DE SCABRINI MEDIA

Québec, Canada
2001